Ie

21401

EPITRE
AUX
CHEVALIERS FRANÇAIS.

Mes yeux ont vû du sein de la poussière
Ce fantôme effrayant lever sa tête altière,
Se placer sur le Trône, insulter aux mortels,
Et d'un pied dédaigneux renverser nos Autels.

VOLTAIRE, *Henr. Chant Ier.*

O vous, qu'on vit jadis sur l'aîle de la Gloire
Marcher d'un vol rapide aux champs de la Victoire,
Vous, que l'honneur éclaire & qui suivez sa Loi
En respectant encor les erreurs d'un bon Roi,
Vous, dont le sang des Francs fait bouillonner les veines,
Pouvez - vous vous soumettre à courber sous les chaînes
Qu'une espèce servile ose offrir à vos bras ?
Avez - vous oublié vos grandeurs ?.... vos combats ?....
Le rang de vos Ayeux ?.... votre valeur suprême ?....
Eh ! ne voyez - vous pas dans l'anarchie extrême
Qui fait crever sur vous les orages du tems,
Les stériles clameurs d'un tas de charlatans
Qui débitent leur drogue au vulgaire stupide ?....
N'apercevez - vous pas dans leur marche timide
Ces écarts mensongers fils d'un penchant trompeur
Qui, nés de la licence, expirent par la peur ?....
Qui peut, sans déroger aux Loix de la sagesse,
Ne pas voir que leur morgue égale leur bassesse ?
Sans frein, sans foi, sans cœur, *sans armes, quoiqu'armés,*
Vous les verrez par-tout, vaincus, exterminés,

Par leurs canons rouillés qu'ils prennent pour la foudre
Traîner en expirant leur vil sang dans la poudre ;
Par-tout, vous les verrez, ces lâches Insurgens,
Baisser un œil timide au seul aspect des Grands.
Par-tout, où paroîtra la Noblesse empressée,
Vous verrez la canaille à ses pieds terrassée.
Enfin, pour se soustraire à vos puissans efforts,
Par-tout, vous les verrez fuir leurs Cités, leurs Ports,
Et sur les flots vengeurs qui des Dieux sont Ministres,
Trouver encor la mort, & ses âffres sinistres.
Heureux si le trépas de ces hommes pervers
Pouvoit laver leur ame aux yeux de l'Univers.
Pour s'armer contre vous, ce peuple de rebelles,
Inventa, répandit les absurdes nouvelles
Qu'un formidable Corps de voleurs, de bandits,
Brûloit & saccageoit le plus beau des pays.
Que tout alloit périr par le fer & la flamme ....
Les sots s'arment soudain, (car les sots ont une ame,)
Et de l'orgueil rusé de ces nombreux Brigands,
Naquit le brigandage exercé sur les Grands.
Pour faire d'un Manant, un Municipe, un Maire,
Faut-il donc subvertir l'ordre préliminaire
Qui réduit tout chacun à sa place, à son rang,
Et qui ne peut jamais changer le cours du sang ? ....
Vous, Nobles....Vous, Guerriers.... vous, qui sans nulle audace
Dans l'oubli des vertus des gens de votre Race,
Tranîant des jours flétris par des Gueux révoltés,
Frémissez à l'abord, de ces Soldats crottés ?
Chevaliers discourtois qu'effarouche un vain nombre,
Depuis quand tremblez-vous à l'aspect de votre ombre ;
Depuis quand sans vigueur, sans courage, sans foi,
Craignez-vous de mourir pour venger votre Roi ?
Depuis quand ces Français, si fiers, si magnanimes
Croiroient-ils s'égarer en frappant leurs victimes ?
Depuis quand croiroient-ils qu'un traître, un renégat,
Doive aujourd'hui prétendre à gouverner l'Etat,

Et que huit cents gredins nés du sein de la fange
Ayent le privilége impie, infame, étrange,
De fouler à leurs pieds nos loix, nos préjugés,
Tous nos droits les plus saints ?.... Mais vous serez vengés.
Bientôt, sous les drapeaux d'une auguste Puissance,
Vous verrez se ranger, la valeur, la naissance,
L'honneur, l'amour, la gloire & la fidélité,
Grands mots que la Canaille appelle vanité,
Mais que les cœurs bien faits & les ames sublimes
Nomment vertus des Grands, & leurs vrais synonymes!
Bientôt, vous allez voir ce valeureux d'ARTOIS,
Auguste rejetton du noble sang des Rois,
Commander la superbe & formidable Armée,
Qu'il va conduire au Temple où vit la Renommée!
Bientôt égal d'*Henri* (cet illustre vainqueur,)
Vous verrez son panache aux chemins de l'honneur
Rallier près de lui les vaillantes escortes,
Dont tous nos Bannerets vont former leurs cohortes.
Bientôt, vous les verrez ces illustres fuyards,
Ces fils du *Grand Condé*, ces fiers rivaux de Mars,
Du vainqueur de Rocroi successeurs magnanimes,
Rendre un culte aux vertus en punissant les crimes!
Bientôt, ces noms fameux, ces doux noms de BOURBON,
Que le respect, l'amour, en un seul mot confond,
Vont vous rendre, ô Français, cet ancien caractère,
Qui vous fit admirer & craindre de la Terre!
Vous le savez, amis, *Alexandre* fut Grand,
Mais grand par ses vertus, bien plus que par son Rang.
Etayé du secours de sa brave phalange
Il porta la terreur jusqu'aux rives du Gange;
Et sur ces bords heureux l'asyle des vertus,
On a vu ce Héros rendre hommage à *Porus* !
Cependant, Chevaliers, ce Monarque admirable
N'avoit pour le servir qu'un courage indomptable.
Son Armée étoit foible, & ses rivaux puissans.
Conquérant, il obtint respect, amour, encens.

Comme lui, chers amis, sortant d'un sang illustre,
Nous pouvons recouvrer nos droits & notre lustre,
Si pour y parvenir nous voulons, dès demain,
Armer vingt mille bras, de feu, de fer, d'airain.....
Mais laissant le Vainqueur & d'Issus & d'Arbelles,
Pour ces Français naguère à leurs Rois si fidelles,
(Hors ce tems désastreux où *Lameth*, *Chapellier*,
Bailli, *Fréteau*, *Thouret*, Souverains par quartier,
Ont détruit dans un jour cet édifice immense
Qui faisoit la splendeur & l'orgueil de la France !
Telle, en nos champs l'ivroie étouffe en grandissant,
Du pauvre Laboureur l'espoir foible & naissant.)
Retraçons à leurs yeux les superbes batailles
De Jarnac, Moncontour, Dreux, Saint-Denis, Marseilles,
D'Arques, d'Ivry, Rocroi, Lawfeldt & Fontenoi,
Tels sont, Français, vos Dieux ! vos Temples ! votre Loi !
Vous avez subjugué ces nombreux insulaires (1),
Qui tour-à-tour, bandits, pirates ou corsaires,
Du fond de leur repaire & leurs monts caverneux,
Rendoient à Némésis un culte ténébreux ;
Bellone, qui pour vous eut toujours tant de charmes,
Des lauriers les plus verts sait ombrager vos armes ;
Vous avez asservi des Peuples & des Rois,
Et vous n'osez combattre un groupe de Bourgeois
Sans cesse ivres de vin, d'orgueil, mais non de Gloire ?
Nos neveux, Chevaliers, auront peine à le croire !
Quelle est ours la terreur qu'inspirent ces faquins ?
Est-ce leur nombre ?..... Hélas !..... Leur vertu ? Des Coquins
Qui pillent en tous lieux sous le nom de Patrie,
Peuvent-ils mériter qu'on respecte leur vie ?
Nobles, rassurez-vous, palpez la vérité :
Ce Peuple qui vous aime, aime aussi l'équité.
Il sait qu'un vil Courtaud, plein de morgue & d'audace,
A bientôt oublié sa bassesse, sa crasse,

_____

(1) Les Corses.

Que riche pour lui seul, pour les pauvres un gueux;
Il voit ses murs baignés des pleurs des malheureux,
Sans que jamais son ame arrogante, inflexible,
A ce spectacle affreux paroisse être sensible.
Si ce Peuple aveuglé connoît ses ennemis,
Croyez qu'il sait aussi chérir ses vrais amis.
Ce Seigneur bienfaisant qu'on pille, qu'on outrage,
N'est vraiment *Grand Seigneur*, qu'au sein de son Village!
C'est là, qu'encor plus grand que nos *grands Comités*,
Il écarte les maux & les calamités,
Et que dans son cœur pur, charitable, sincère,
Il puise ces secours qu'on doit à la misère,
Secours d'autant plus vrais qu'ils sont presqu'inconnus
Des Crésus du Tiers-Ordre & des gens parvenus.
C'est là, que tout entier à ses vertus champêtres,
Il marche sur les pas de ses nobles Ancétres,
Et que pour rendre hommage au Dieu de l'Univers,
Tout ce qui souffre a droit à ses bienfaits divers!
Tel est pourtant, Français, le mortel qu'on opprime,
Et celui dont le titre ou le nom est un crime.
Tel est le Citoyen honnête & généreux
Dont on hait la vertu...... Car il fait des heureux!
Aussi toujours en butte aux traits de la furie,
Il craint pour sa fortune...... il tremble pour sa vie.....
C'est un Noble...... il suffit.... chacun veut l'outrager.....
Chacun veut dans son sang se baigner & nager.
Si vous versez ce sang aussi rare qu'illustre,
Dans l'espoir que sur vous rejaillisse son lustre,
Gredins, votre démence égale en cet instant
L'opprobre qui, par-tout, vous suit & vous attend.
Nul ne peut ignorer (& nul vraiment n'ignore)
Qu'un insolent orgueil vous ronge, vous dévore;
Que pour le satisfaire, au mépris de vos loix,
Vous insultez les *Dieux*, les *hommes* & les *Rois*.
Peuple crédule & sot, qu'on trompe, qu'on égare,
Un gouffre affreux pour vous se creuse, se prépare;

Craignez le précipice où l'on veut vous plonger,
Le mortel qu'on outrage est prompt à se venger.....
Sous les dehors trompeurs d'une vertu sévère,
Vos fourbes Députés imposent au vulgaire.
Sans respect pour les droits, pour les propriétés,
Justifiant leurs vols par des atrocités,
Ils ont fait d'un séjour de bonheur, de délices,
Un théâtre hideux de crimes, de supplices.
France, jadis si doux, si beau Gouvernement,
Tu ne seras donc plus qu'un triste monument?
Ces tyrans de leur ROI, leur *Culte*, leur *Patrie*,
Dans la nuit des tombeaux t'ont donc ensevelie?
Ministres du TRÉS-HAUT, du DIEU des immortels,
Ils ont donc renversé les Temples, les Autels?
De celui qui fit tout la Loi sainte & sacrée
N'est donc plus des Français suivie & révérée?
A l'exemple des Juifs, aveuglés par l'erreur,
Ils ont trahi leur *Dieu*, leur *Prince*, leur *Seigneur*,
Mais rejettés comme eux par la Nature entière,
Jamais ils n'entreront au séjour de lumière.....
Ils n'ont rien respecté. Sceptre, Glaive, Encensoir,
Tout de leur perfidie a senti le pouvoir.
Jaloux de ces grandeurs où leur bassesse aspire,
C'est pour y parvenir qu'ils ont perdu l'Empire.
Cependant ces gredins, sans vertus, sans talens,
Prétendent vainement aux emplois éminens,
Puisque toujours, enfin, ces *Seigneurs éphémères*
Seront les dignes fils de leurs *ignobles Pères*.
Portant son faîte altier jusqu'aux voûtes des Cieux,
Le cèdre du Liban semble braver les Dieux!
Tandis que par son règne & sa classe dernière,
L'Hysope à tout jamais rampe dans la poussière.
Toi! qui de l'Univers es le sublime Auteur,
Dieu puissant! Dieu vengeur! Dieu rémunérateur!
Souffriras-tu long-tems, sans lancer l'anathême,
Qu'à leur malice impie ils joignent le blasphême?

Permettras-tu. long-tems le désordre, le deuil.
Fils bâtards des désirs d'un ridicule orgueil ?....
L'idole des manans, en tous lieux, fut l'envie.
Par-tout des gens de bien voulant flétrir la vie,
Ce monstre sait vomir ses poisons imposteurs,
Poisons faits pour le crime & ses Législateurs.
Mais il viendra, ce jour de terribles vengeances,
Où les bourreaux, les fers, les cordes, les potences,
Expîront les forfaits que ces gueux ont commis,
En transgressant les loix de l'auguste Thémis.
O *Belsunce !* ..... O *Favras !* ..... Innocentes victimes
Dont on trancha les jours par le plus noir des crimes !
Je jure par le Styx & les Dieux infernaux,
D'immoler à Pluton le sang de vos bourreaux !
Et vous, que l'Achéron voit sur ses sombres rives,
Beausset !.... *Rully !....* *Voisins !....* ombres chères, plaintives,
S'il est quelques douceurs sur vos lugubres bords,
Ma fureur vous promet des plaisirs chez les morts !
Car, sur les corps sanglans du traître, du parjure,
Je veux forcer les Chefs de cette horde impure, (1)
A dire en expirant : « Il est donc des forfaits
» Que le courroux des Dieux ne pardonne jamais ? »
La liberté qu'on prêche est un mot chimérique
Né d'une égalité purement fanatique.
Parmi les fleurs, les fruits, les arbres, les oiseaux,
Les rochers, les poissons, les fleuves, les métaux ;
Tous les êtres, enfin, qui peuplent la Nature,
En voit-on de pareils en goûts, forme, ou figure ?
Vous, qui faites des loix que l'on doit détester,
Et qui vendez un homme ou l'osez acheter : (2)
Sachez que le hasard, plus que vous, juste & sage,
Sut donner à chacun son rang & son partage.

----

(1) L'Assemblée Nationale.
(2) Les Nègres.

Je pouvois naître Roi !.... je suis humble Sujet :
Du destin qui fait tout tel est l'ordre secret :
Mais fidelle à l'Honneur, comme aux Loix de l'Empire,
Nul ne m'a vu guidé par l'insolent délire
Qui renverse aujourd'hui l'esprit de ces Français,
Si grands par leurs talens, leur valeur, leurs succès,
Mais plus grands par l'amour qu'ils portoient à leur Maître !
Peuple charmant & doux, qui peut vous reconnoître
Aux horreurs, aux sanglats, aux Monstruo.ités
Dont tous vos Habitans ont souillé leurs cités ?
Qui peut, sans être ému, sans répandre des larmes,
Voir un Peuple félon soudain voler aux armes,
Et transmettant, par-tout, le carnage & l'effroi,
Porter l'assassinat jusqu'au Trône du Roi ?
Qui peut, sans frissonner des pieds jusqu'à la tête,
Voir ce Chef des BOURBONS qu'on brave, qu'on arrête,
Et qu'on traîne à travers deux cens mille goujats
Emules des *Damiens* ou fils des *Ravaillacs* ?
Qui peut, sans des frayeurs plus que surnaturelles,
Voir ce malheureux *Prince* au milieu des Rebelles,
Livrant son *Fils*, sa *Femme*, aux plus affreux dangers,
Les soumettre à la rage, aux couteaux des bouchers ?
Quelle est la Nation, même la Cannibale,
Qui peut voir un Monarque & la tribu Royale,
En proie aux attentats, aux horribles excès
D'un Peuple forcené qui souille son Palais ?
Quel Tyran, quel Néron, quel Monstre de nature,
Peut ne tressaillir pas en voyant la peinture
Des désastres, des maux, des troubles, des fureurs,
Qui livrent les Français aux plus sombres terreurs ?
Français !.... Ce nom jadis caressé par la Gloire,
Ce nom toujours chéri des Filles de Mémoire,
N'est plus qu'un nom flétri par ces puissans *Escrocs*
Monstres nés des débris des Etats-Généraux.
Tigres, qui ne frappez que d'illustres Victimes,
Scélérats qui d'un crime allez à d'autres crimes,

Parlez, & dites-nous quel forfait a commis
Ce Roi sensible & bon qui perdit ses amis,
Au moment si coupable où le sort trop sévère
Arma des Fils ingrats (1) contre un si tendre Père?
Si vous voulez qu'un seul réponde, aux yeux de tous,
Des torts d'un *Ministère* aussi traître que vous ; (2)
Que dans la plus servile & basse dépendance
Un Monarque ne soit qu'un courtier de finance,
Et qu'il soit responsable au dernier des humains
Des maux que ses valets ont tissus de leurs mains ;
Si vous voulez un Chef, sans défauts, sans foiblesse,
Qui prodigue sur vous ses soins & sa tendresse,
Indignes des vertus qu'un Roi doit imiter ,
Par vos respects, du moins, sachez le mériter !.....
Mais, Canaille insolente, abjecte, atroce, infame,
Avant d'oser prescrire il faut montrer une ame.
Il faut faire oublier, gredins, à l'Univers
L'opprobre & les méfaits dont vous êtes couverts.
Il faut, en abjurant au Temple de Minerve
Ce criminel orgueil qu'un fol espoir conserve,
Rentrer dans l'humble sphère où le sort vous a mis,
Honteux & repentans des torts par vous commis
Envers un *Souverain* si grand dans sa clémence,
Qu'il pardonne à l'instant à celui qui l'offense !
Peu faits pour les honneurs qui suivent un beau nom,
Déposez votre épée & prenez un pilon.
Ainsi, plus conséquents en quittant votre audace ,
Sachez qu'un aigle plane, & qu'un crapaud croasse.
D'après l'ordre du *Dieu* dont vous suivez la Loi,
Arrosant de vos pleurs les pieds de votre *Roi*,

---

(1) Des Noailles , des d'Aiguillon, des Liancourt, des la Rochefoucault, des Périgord, des Lameth, des Broglie , &c. Enfin, tous les Renégats de cet Ordre , qu'une ambition infame & une cupidité sans bornes ont rendu aujourd'hui les objets du mépris de l'Univers.

(2) Celui des Loménie-Brienne.

Reprenez ce respect dont vous osez descendre ;
Puis, couverts d'un cilice & couchés sur la cendre,
La face contre terre, attendez que le Ciel
Daigne voir en pitié les meurtriers d'Abel. (1)
Reprenez, doux Guerriers, ces travaux pacifiques
Qui firent de tout temps, l'éclat de vos boutiques.
Que tous ces plats *Cujas*, en Guerriers déguisés [2]
Déposent leurs stylets par le crime aiguisés.
Que le lourd Contadin de robuste structure
Rende son bras rebelle à votre agriculture.
Que dans cet antre affreux (que l'on nomme *Sénat*)
L'Orateur se réprime & parle sans éclat ;
Que tous ces noirs filoux, ces voraces corneilles,
Respectent le miel pur que l'on doit aux abeilles.
Que le vil Procureur, d'encre tout barbouillé,
Rentre dans son Etude avec son cœur souillé ;
Que l'impur Ecrivain du Corps *Démocratique*
Se purge du venin de sa plume cynique :
Bref, ne pouvant ici peindre tous les Etats,
Que tout poltron renonce au métier des Soldats.
O Muse extravagante & pourtant véridique,
Si tu n'as pas lancé ton dernier trait critique,
Sur les portraits encor qu'il me faut esquisser,
Viens répandre un vernis qu'on ne puisse effacer.
Viens montrer deux *Lameth* ces héros d'anti-chambres,
Du Club des Scélérats premiers & dignes Membres ;
Sans esprit, sans talens, sans honneur, sans vertus.
Leur Culte est du moment.... leur Idole est Plutus.
N'ayant, pour subsister crédit, ni sou, ni maille,
Ils vendent, pour du pain, leur langue à la canaille ;

---

(1) L'Auteur veut exprimer par cette figure, l'innocence du Roi, immolée par le crime.

(2) On sait quelle a été, dans la Révolution, l'influence de la horde dévorante des Procureurs, Avocats, Notaires, Greffiers, &c. Enfin, de toutes ces sauterelles que le Ciel, dans sa colère, envoie sur une terre féconde pour la dévaster.

Ingrats par politique, adroits dans l'art des Cours,
D'un torrent plein de bourbe, ils ont grossi le cours....
Des *Noailles*, grands Dieux ! sont pour la multitude ?
Hommes faux & pervers, monstres d'ingratitude,
Avez-vous donc sitôt perdu le souvenir
De ces rares bienfaits qu'on vous vit obtenir ?
Est-ce à votre ancien nom, vos exploits, votre gloire,
Que vous devez l'honneur de-vivre dans l'Histoire ?...
Non. C'est tout aux bontés, aux faveurs de vos ROIS,
Que vous devez l'éclat de tant de grands Emplois !
Et quand ils daigné vous sortir de la crasse,
Vous osez imiter *Chabroud*, dans son audace,
Et tant d'autres gredins, soudoyés comme vous,
Pour protéger des sots, des fripons et des fous.
O Français ! Ecoutez le cri d'une ame pure,
Qui hait la trahison & qui fuit le parjure.
Victime de l'intrigue & de l'iniquité
D'un Ministre connu par un nom detesté, (1)
Esclave du devoir qui m'enchaîne à mon maître,
Je retrouve en mon ROI, les Dieux qui l'ont fait naître !
Et sans m'en prendre à lui du manège des Cours,
Je le plains, je l'adore, & le sers bien toujours.
Puis-je à mon Souverain, sans être lâche, inique,
Imputer les méfaits de son vil Domestique ?
Puis-je d'un *Loménie*, infame Scélérat,
Qui dégrade la Pourpre & le Cardinalat,
Purifier le sang ?.... ennoblir la pensée ?...
Ah ! d'un si fol espoir la raison est blessée....
Son âme est dans sa bouche, & sa bouche hardiment
De son corps grangrené vomit le sédiment.....
Vous avez bien encore un *Pétion*, un *la Borde*,
Un *Goupil*, un *Rewbel*, tous gens faits pour la corde,

---

(1) Un nommé Brienne, non de ces Conflans-Brienne Rois de Jérusa-
lem, mais bien digne de finir sa carrière sur un nouveau Mont-Golgotha, à
la gauche du Sauveur du Monde.

Le caton *Roberspierre* & le profond d'*Arci*,

Le d'*Autun*, le *Tonnerre*, & le *Montmorenci*.

Et puis un *Liancourt*, & puis un *Castellane*,

Noms sacrés, que la Ligue avilit & profane.

Et puis ce *Prince infame*, échappé de Paris,

Sans pouvoir échapper à l'opprobre, au mépris.

Ce Prince qui depuis..... conspirateur atroce,

En proie aux noirs projets de son orgueil féroce,

A troqué son honneur, ses biens & son repos,

Pour la fange où croupit son Chancelier *Laclos*.

Digne ami de *Genlis* si *prudent* à la guerre,

Chacun sait quel courage & sur mer, & sur terre,

Et dans l'aérostat qu'il crève en frémissant,

A montré le Vainqueur, le Héros d'Ouessant !

Fripon comme *Camus*, plus lâche que *Villette*,

Il dépouille son Ordre & prend cette épaulette, (1)

Qui désigne un rebelle, un traître, un factieux,

Et devient pour jamais un monstre à tous les yeux.

Tel est du Tiers-Etat le parti noble & sage ;

Tels sont les Sénateurs de son aréopage !

Tels sont, heureux Français, les astres radieux

Qui fatigués de gloire & las d'être des Dieux,

Abandonnant pour vous le séjour du Tonnerre,

Daignent s'humaniser en venant sur la terre !

Tels sont enfin, tels sont vos Prêtres, vos Soldats,

Vos Magistrats, vos loix, & vos seuls potentats !

Mais puisque de ces Dieux la parfaite clémence,

Laisse tomber sur vous sa bénigne influence,

Puisque le sentiment d'une auguste bonté

Répand sur vous les biens de leur Divinité,

Et que, pour consoler vos douleurs trop certaines,

Ils feignent un instant de partager vos peines,

---

(1) Personne n'ignore que Philippe d'Orléans s'est revêtu du noble habit national, & qu'il a pris, avec un empressement bien digne de son cœur, un Grade dans cet illustre Corps.

Par quelques grains d'encens brulés sur leurs autels,
Obtenez donc, Français, de ces fiers immortels,
Qu'ils rendent vos momens p!us heureux, plus prospères;
En chassant des bandits leurs *égaux* & leurs frères.
Que ces êtres parfaits purgent nos grands chemins
Des hordes de brigands, des monstres inhumains,
Qui dévastant par-tout, ont fait de votre France
Un antre que l'Orgueil creusa pour la licence.
Mais envain, Chevaliers, vous desirez la paix.
La canaille gouverne..... on ne l'aura jamais.
Ah! si l'honneur, sur vous, peut quelque chose encore,
Lisez donc vos devoirs dans ces vers de Zamore :
« Illustres compagnons de mon malheureux sort,
» N'obtiendrons-nous jamais la vengeance ou la mort? »
Quand votre monarchie au tombeau va descendre,
L'exemple du phénix qui renaît de sa cendre
Ne peut vous arracher à l'état de langueur
Qui retient votre bras & flétrit votre cœur !
Guerriers, réveillez-vous, sortez de léthargie !
Ecoutez une voix qui commande & qui crie :
« Chevaliers, l'honneur seul fut toujours votre loi,
» Mais cet honneur prescrit qu'on meure pour son *Roi* !
» Rétablissez ce *Roi*, la vertu vous l'ordonne,
» Sachez vaincre ou mourir sur les marches du Trône ! »
Ne redoutez donc plus, valeureux Chevaliers,
Ce Peuple de gredins qui singe les Guerriers.
Bayard, au pont de Naple, *Horace*, au pont du Tibre, (1)
Ont frayé de l'honneur le chemin vaste & libre ;
Imitez ces Héros par vos illustres faits :
Il est sublime & grand de punir les forfaits !
Nourrissez dans vos cœurs l'implacable vengeance;
Henri ne fut-il pas dupe de sa clémence?.... (2)

---

(1) Pierre du Terrail soutint sur ce pont l'effort de 200 Chevaliers ; &
Horatius Coclès, sur l'autre, repoussa les Troupes de Porsenna.

(2) Henri IV & César ont été assassinés ; Richelieu & Cromwell sont
morts dans leur lit.

Ainsi, quand le Soleil qui féconde & qui luit
Se couvriroit pour nous des voiles de la nuit ;
Quand l'Eternel Jupin, terrible en ses miracles,
Voudroit nous étonner par d'effrayans oracles ;
Quand du haut de son char d'étoiles marqueté,
Phœbé nous priveroit de sa douce clarté ;
Malgré le Ciel, les Dieux, il faut un grand exemple !
Frappons donc, ébranlons les voûtes de ce Temple,
Aujourd'hui le rempart de gens sans frein, sans nom : (1)
Et dans leur flanc impur portant un coup profond,
Vainqueurs, pulvérisons, exterminons leur race ;
Vaincus, même en mourant, qu'ils craignent notre audace.
Enfin, chers Chevaliers, quels que soient nos destins,
Soyons Samson, pour eux, qu'ils soient nos Philistins !

---

(1) La fiction est fille des Poëtes. Dans cette proscription l'Auteur ne comprend que les Scélérats ; comme Sénateurs, Clubistés, Propagandistés, Motionaires, en un mot, les Factieux de tout genre : il est trop l'ami des Citoyens paisibles & bien pensans, pour les assimiler à la horde des Brigands ci-dessus nommés.

NOTE.

Quoiqu'il semble inutile d'avertir le Lecteur que l'Epitre aux Chevaliers Français ne renferme rien de désobligeant pour ceux qu'un noble sentiment a réunis, sous les ordres des *Princes*, aux Drapeaux de l'Honneur & de la Gloire ; cependant, pour la tranquillité de quelques esprits inquiets & pointilleux, l'Auteur déclare ici, que pénétré de vénération pour les braves & fidèles Sujets d'un Monarque aussi vertueux qu'infortuné, il n'a d'autre projet, que celui de chercher à réveiller le courage assoupi de ceux des Gentilshommes qui traînent, dans une coupable & honteuse apathie, des jours dont ils doivent compte à leur Roi, à son AUGUSTE EPOUSE, & à L'HÉRITIER présomptif de la Couronne. A ces titres que tout *vrai Français* doit respecter, l'Auteur espère donc qu'on lui pardonnera la chaleur de quelques apostrophes, les défauts de son Poëme, & qu'il ne trouvera des Critiques sévères, que parmi les Apôtres de cette Religion atroce et impie, qui ont renversé les Colonnes sur lesquelles reposoit la Monarchie Française.

ÉPITAPHE

D'HONORÉ GABRIEL RIQUETTI MIRABEAU,

Cɪ ɢɪᴛ un Scélérat, dont l'éloquente bouche
Professa les talens de Moloch, de Cartouche;
Qui renia son Dieu, qui prêcha les forfaits,
Qui trahit son pays, & vola les Français.
Infâme renégat, Catilina moderne,
Craignez le sang impur de ce monstre de Lerne.
Que sa tombe à jamais excite votre effroi :
Il diffama son père & détrôna son Roi.
Cruel comme Néron, lâche comme Thersite,
Malheur au vil mortel qui le vante, ou l'imite......
Fuyez, passans, fuyez les restes de son corps;
Le poison de son cœur vit même après sa mort.

ORAISON FUNEBRE DE MIRABEAU.

Pᴀʀ le feu du discours noblement entraîné,
Un jour un Démagogue (après avoir dîné)
Disoit au Club fameux, justement consterné,
« Pleurez, malheureux Club, Concile infortuné,
Pleurez, votre Héros est mort...... empoisonné ! »
Mais tandis qu'il faisoit cette belle harangue,
Un plaisant, qui sans doute, étoit homme bien né,
Dit, en plaignant la fin de Mirabeau l'aîné,
    « Il a donc avalé sa langue ? »

www.ingramcontent.com/pod-product-compliance
Lightning Source LLC
LaVergne TN
LVHW021803030726
842523LV00003B/1188